Pour mes petits-fils, Baptiste et Thomas.

François Crozat

À François Crozat, mon ami, qui vogue parmi nos rêves.

Gérard Moncomble

Dépôt légal : 2e trimestre 2007
ISBN : 978-2-7459-2804-7
Imprimé en Italie par Canale.

Voleurs de rêves

Gérard Moncomble

François Crozat

MILAN
jeunesse

Tu es dans ton jardin.
Tu as envie d'être ailleurs.
C'est facile :
ferme les yeux.

Tu t'appelles autrement.
Tes habits changent
de forme et de couleurs.

Le jardin, la maison,
tout a disparu.

Maintenant, l'histoire
peut commencer.

Tu marches
dans une forêt
aux ailes sombres.
La mousse est douce
sous tes pas.

Il existe ici un château
comme tu n'en as jamais vu.

Entre.

Personne ne t'en empêchera.

Le silence est de pierre.
Tu t'enfonces dans
le ventre du château.
Tu entends tes pas
résonner très fort,
et ton cœur, aussi.

Tu t'avances.
Sens comme
les parfums
sont humides,
comme l'ombre
est une caresse.

Les gens d'ici
ont d'étranges sourires.
Ils t'attendent depuis
si longtemps.

Écoute ! Autrefois,
il y a eu des fêtes,
des chants et des rires.
Ils résonnent encore
sur les murs, parmi
les fils de soie.

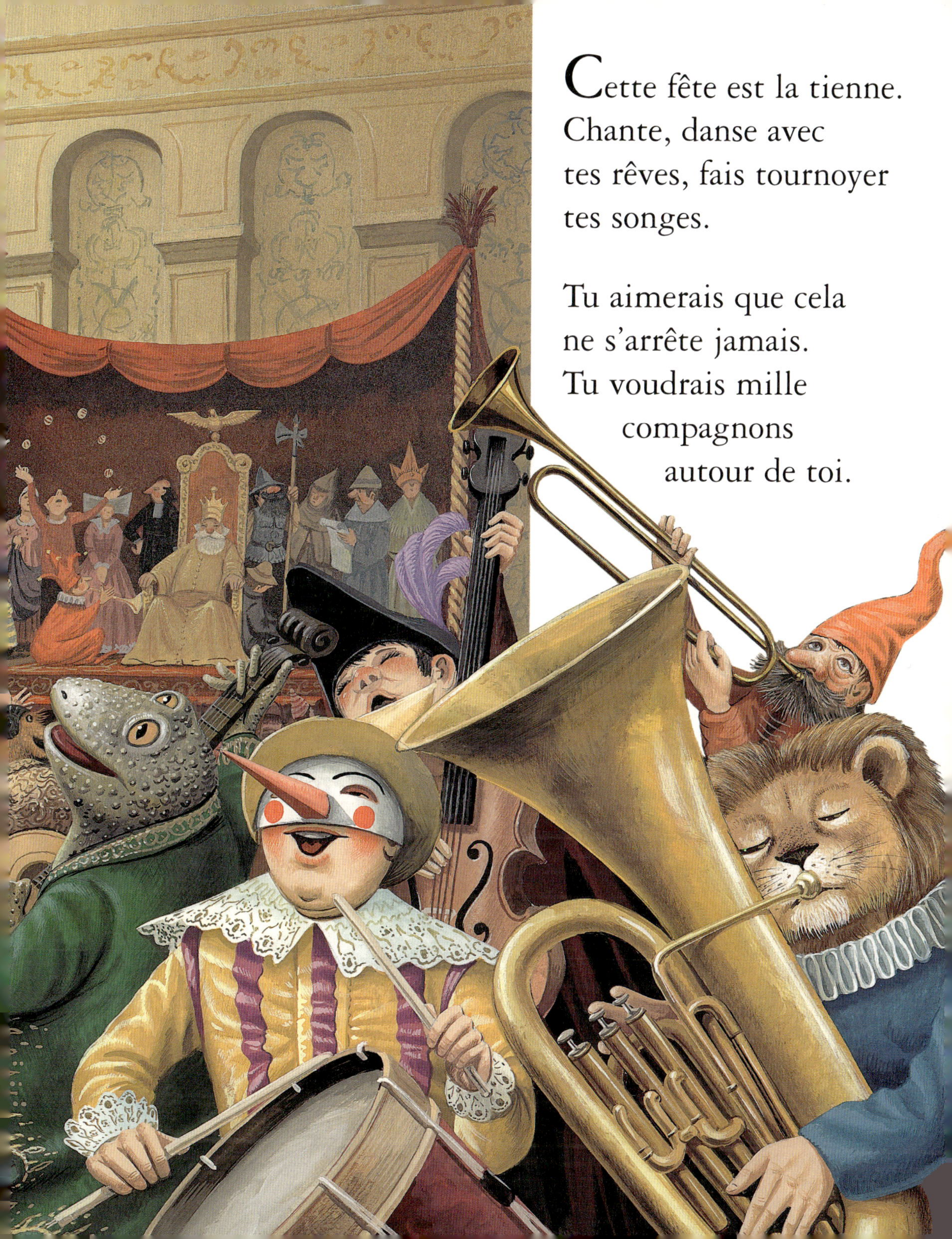

Cette fête est la tienne.
Chante, danse avec
tes rêves, fais tournoyer
tes songes.

Tu aimerais que cela
ne s'arrête jamais.
Tu voudrais mille
compagnons
autour de toi.

Monte au sommet
de la tour.

Tu touches presque
le ciel.
Tu commandes
aux statues,
aux gargouilles,
tu es le seigneur
de ces lieux.

Même l'ombre
et la lumière t'obéissent.

À présent, le château est une île dans la nuit. Et la tour devient un phare illuminant la mer.

Soudain, tu les vois !
Ils arrivent !

Portés par un voilier
terrible, ils viennent
du plus profond
de la nuit.

Ce sont les chasseurs
de songes ! Ceux qui
dévorent les rêves,
ceux qui les brisent
et les pillent.
Les voleurs de lumière !

Ils déferlent comme
une marée de vagues noires !
Leurs cris ressemblent
aux fureurs des volcans,
à la foudre, au tonnerre…
Les gens d'ici vont être
des proies faciles pour
ces guerriers effroyables.

À moins que tu n'appelles
celle qui dort encore
dans le ventre
du château.

La mère de tous
les songes ! La chimère !
Celle qu'on n'ose imaginer.

Celle qui recouvre la terre,
la mer et le ciel.

Celle qui peut tout engloutir,
même les châteaux de sable.

Il lui suffit d'apparaître,
d'agiter son corps énorme,
de faire trembler le sol
et l'air.

Les chasseurs de songes
s'enfuient sans même
livrer bataille.

Que peuvent-ils contre
ce rêve monstrueux
qui balaye tout
sur son passage ?

Alors le phare s'éteint. Et la gueule noire de la nuit avale les songes, les chasseurs et la Bête.

Le ciel, le château,
la mer se sont évanouis.
Tout va disparaître
peu à peu.

Le songe s'est envolé.

Regarde, ici, rien
n'a changé.

Ou si peu.